오늘 못 보면
너무 오래 못 볼 것 같아

달려왔습니다

장인무 시집 오늘 못 보면 너무 오래 못 볼 것 같아 달려왔습니다

1판 1쇄 펴낸날 2022년 10월 10일
지은이 장인무
발행처 (재)공주문화재단
펴낸이 이재무
책임편집 박찬세
편집디자인 민성돈
펴낸곳 (주)천년의시작
등록번호 제301-2012-033호
등록일자 2006년 1월 10일
주소 (03132) 서울시 종로구 삼일대로32길 36 운현신화타워 502호
전화 02-723-8668
팩스 02-723-8630
홈페이지 www.poempoem.com
이메일 poemsijak@hanmail.net

ISBN 978-89-6021-661-7 03810

값 10,000원

오늘 못 보면
너무 오래 못 볼 것 같아

달려왔습니다

장인무

천년의
시작

풀꽃문학관 대숲 아래서
나태주 스승님께 시간을 받았습니다.

그 후 10년

두 번째 설렘으로 당신(詩)을 품습니다.

떡잎으로 피어나 꽃보다 단단한 씨앗으로 영글기 위하여
진필眞筆로서 뿌리 내리기에 성심을 다할 것입니다.

차 례

시인의 말

제1부 달려왔습니다

달려왔습니다 ──── 13

봄이야 ──── 14

붉은 신호등 ──── 15

바람의 전갈 ──── 16

별똥 ──── 17

무명초無名草 ──── 18

취하다 ──── 19

나도 모르는 사이에 ──── 20

해바라기 ──── 21

연인 ──── 22

왜가리 ──── 23

묻고 싶어 ──── 24

밤의 요정 ──── 25

혼자서 ──── 26

늦지 않았어 ──── 27

제2부 꽃이 꽃에게

꽃이 꽃에게 ——— 31

풀꽃의 전사 ——— 32

민들레 ——— 34

꽃 ——— 35

그런 거야 ——— 36

박꽃 ——— 37

봄날의 성찬 ——— 38

감자꽃 ——— 39

야행 ——— 40

낙엽 ——— 41

꽃뱀의 외출 ——— 42

은닉 ——— 43

길 ——— 44

질문 ——— 45

어쩌나 ——— 46

제3부 중요해

서쪽 하늘 아래 ——— 49

중요해 ——— 50

비 오는 날의 수다 ——— 51

마곡사에서 ——— 52

존재의 이유 ——— 53

소망 ——— 54

산다는 것은 ——— 55

차이 ——— 56

내 안의 타인 ——— 58

우리 ——— 59

모기와 나 ——— 60

언제쯤이면 ——— 61

홀로 앓는 밤 ——— 62

그 후 ——— 63

고별 ——— 64

제4부 종이의 말

손 ———— 67

종이의 말 ———— 68

심금心襟 ———— 69

환자와 간병인 ———— 70

차지 ———— 71

이러다가 ———— 72

그 정원 ———— 73

황새바위 ———— 74

자작나무 ———— 75

독 ———— 76

나쁜 놈 ———— 77

새벽 산행 ———— 78

내게 남은 것은 ———— 80

민달팽이의 꿈 ———— 81

그 남자, 그 여자 2 ———— 82

해 설

이병철 서정의 파수꾼, 사랑을 완성하다 ———— 84

제1부 달려왔습니다

달려왔습니다

보고 싶어서 달려왔습니다

오늘 못 보면 오래도록 못 볼 것 같아 달려왔습니다

아주 잠깐만이라도 같이 있고 싶어서 달려왔습니다

당신을 사랑합니다, 이 말을 꼭 하고 싶어서 달려왔습니다

오늘 못 하면 오래도록 못 할 것 같아 달려왔습니다

오늘 못 보면 너무 오래 못 볼 것 같아 달려왔습니다

봄이야

깡마른 담쟁이넝쿨 촘촘히 실눈을 뜨고
화단에 뒹굴던 돌멩이 제자리에 끼어들고
이름 모를 풀꽃도 새록새록 얼굴 비치고
꽃 웃음 지천에 재잘거리면 꽁꽁 묶여
바람에 맞서던 내 아린 몸 풀리네

자목련 솜틸 벗고 스스로 속살 드러내듯이
작년에 앞마당에 내려놓고 간 쪽빛 찾으러
낯선 빛으로 다가와 말을 건다네
낯익은 목소리로 나야 나!

붉은 신호등

발목에 링을 찬 여자와
발가락에 링을 끼운 남자가
입술과 입술을 맞댄 채
가슴과 가슴을 끌어안고 서 있다

내 입술이 부끄러워
건너편 빨간불이 바뀌기만 기다리는데
햇살이 너무 부셔 붉어진 얼굴

한때 내 사랑이었을

화끈 달아오른 저 사랑

바람의 전갈

얄궂은 바람이 헤살 짓는 오후

하얗게 폈다 진 매화나무 가지에 철 잊은 나비 한 마리
필시, 보이지 않는 곳에 향기가 남아 있는 거야

피할 수 없다면 움켜쥔 햇살 한 줌 내어 주고
마음 자락 비우고 눈물 한 방울 쏟아 주면 되는 것을

바람아! 젖은 가지든 마른 가지든 불은 붙을 거라 했지?
사랑이 시절 없이 오듯

별똥

난류가 흐르듯 별이 흐르네
동쪽에서 남쪽으로
서쪽에서 북쪽으로

한 여자가
지구 끝으로 달려갈 때
한 남자는 울고 있었네

가만히 눈을 감으면
얼어붙은 심장에 소용돌이
붉은 운석 하나 뚝,

무명초無名草

실 거미 그림자 지면
색색의 옷깃을 접어 젖은 꽃잎으로
잠들고 말 것을

너는
내일 또다시 피어나
뜨거운 태양 아래 고운 옷 입고 가겠지

날마다
너를 잃을까 봐 마디마디
촉촉이 스며드는 허무한 내 사랑같이,

취하다

허름한 선술집에 마주 앉아 찌그러진 양은 냄비 속 오천
원짜리 김치찌개 돼지비계 몇 쪽 두부 몇 점

사기잔에 붉은 립스틱 자국 마셔 버린 짜릿한 전율 그대
의 유혹이었다면 기꺼이 작은 몸 흔들어 젖었을

처음 보는 그대가 낯설지 않은 까닭이었어

빗속을 달려온 밤 여윈 어깨 칭칭 감아 째깍째깍 귓전을
울리는 뜨겁고 매콤했던 향 내음

천연덕스런 미소 아른거려 뒤척이는 새벽

나도 모르는 사이에

수심을 알 수 없는 금강 가
한 무리 철새가 갈대숲에 앉았다

머뭇거리던 발길
홀리듯 따라나서는데
이를 어쩌나, 순간 늪에 빠져 버렸다

그 여름
뜨거웠던 시간은 속절없이 가고
시든 이파리마저 낙엽으로 지고 있는데
어쩌자고 이 가슴은 너만 보면
주체할 수 없이 흔들리는 건지

강에 뛰어든 뭉게구름 사이로
휘젓는 저 빈 손짓
입술을 깨물어 부르튼 날에도
화려하여라! 시나브로

해바라기

보고 싶다, 사랑한다 한 마디 못 하고
바라만 보고 삽니다

때때로
팽팽하게 당기는 햇살
저 안에 가득 찬 고독
보이는 것이 전부가 아님을 압니다

이제 그만,
그 말은 더욱 못 하고
고개만 떨구고 삽니다

한때는
마음 하나
눈빛 하나로도
빈 가슴 채울 수 있다고 여겼습니다

연인

말이 없었다

백합꽃
도라지꽃
핀 자리에
해종일 눈길만 주다가

달아오른 몸
물 한 모금 넘기지 못하고
마른 눈에 촉촉이 눈물 고이자
품바의 허리춤에서 손을 놓지 못한 채 돌아앉아 운다
그녀가

왜가리

파란 달빛을 밟고
한 발짝 가까이

귀밑 살 내음
궁금하다

저,
쓸쓸함

너무 길다
이 밤

묻고 싶어

햇살 비켜 간 등성이에서
바라만 보다가

아무 말 못 하고
뒷걸음으로 내려와

아무도 모르게

바람 한 자락 붙잡고
먹빛 하늘에 던지던 비명

숨어 있던 고요가 자지러지며
한 무리 붉은 꽃잎 안고 우수수

두 손 놓아 주고
우두커니 서 있던 너

왜

밤의 요정

한낮
햇살이 두고 간 달맞이꽃이
보름달 머문 자리에 누웠습니다

연분홍 수줍음
두 손으로 감싸 안아 봅니다

어둠은
무섭습니다 다만,
그대가 있어 눈을 뜨고 있을 뿐입니다

혼자서

연필 한 자루와 종이 몇 장

붓 몇 자루와 화선지 한 장

소쩍새 노래하는
언덕에 철퍼덕 주저앉아

활짝 핀 들 꽃잎 몇 장
흐르는 강물에 무심히 띄우며

싱싱했던 내 젊은 날
그 사랑 그리며,

늦지 않았어

아침부터
봄비가 내렸지

비가 멈추자
창가에 라일락이 활짝 피었어

보랏빛 그녀

행여
못 올까 걱정했는데
이제라도 와 줘서 정말 고마워

제2부 꽃이 꽃에게

꽃이 꽃에게

유홍초야
빨간 별을 어디서 그리도 많이 따 왔니?
네가 어느 날 하늘로 올라갈까 봐
해질 무렵부터 초롱초롱 한눈팔 수 없는데,

분꽃아
무슨 생각이 그리 많아 꼬박 밤을 새우니?
아침에 꽃잎을 접을 때마다 어디 아픈가 싶어
손끝이 자꾸만 네게로 기우는데,

풀꽃의 전사
—나태주 시인

사진발이 좋아서인지 인상이 좋아서인지 분명 노장인데
웃는 모습은 미소년이다

자세히 보아야 예쁘다
오래 보아야 사랑스럽다
너도 그렇다

가방을 열면 늘 미소 지으며 반긴다. 물건을 찾느라 옆으
로 밀어도 웃고
복잡해서 빼놓아도 웃고 심지어 집어던져도 웃는다『풀꽃
시 25선』

나태주
나를 태워다 주세요!
요즘 세상에 그 흔한 자가용도 없이 전국 방방곡곡을 자
세히 보러 다닌다
아이 소녀 청년 아빠 엄마 할머니 할아버지 만나러 새벽에
도 한밤에도 천 리 길 나선다
에코백 안에 시집을 가득 담고 가슴에는 너와 나를 얼싸
안고 눈가에는 지구를 품고 시詩 꽃을 뿌리러 간다 시詩 씨

를 받으러 간다 두 손으로 오롯이 받아다가 앞집 옆집 아
랫집 윗집 다 준다 별님 달님 해님 빗님 그리고 들에 산에
벌들에게 새들에게 제민천에 금강 가에 공산성에 무령왕
릉 터에 마구 뿌린다

오늘도
나를 태워다 주세요!
허리띠 조이고 두 발에 힘을 주어 자전거에 작은 몸 신
고 따르릉 따르릉 달린다

민들레

하수관 맨홀 뚜껑 위

빗물에 쓸려 온 먼지 더미 속 씨앗 하나 품었네

발끝에 밟혀도 노랗게 웃는 너는 분명

지구를 지키려는 절규 약속 사랑

꽃

나는
아직도
너를 만나면
뛴다, 가슴이

네가 내 손을 잡은 처음처럼

그런 거야

하찮아 보이는 풀잎에
빠져들 때가 있다

천연덕스런 민들레의
빼곡히 뻗은 깊은 뿌리처럼

별로네
하던 작은 꽃잎도
가까이 보면 괜찮아 보일 때가 있다

때때로
어긋난 생각이 불쑥 나타나
보잘 것 없는 오늘이 내 삶의 하루를 차지하듯,

박꽃

지난 밤
하늘과 땅 사이에
몇 번의 천둥 오고 갔던가요

뒤척이다 잠든 새벽녘
나 몰래
빗길 속 다녀간 손님

백지에 써 내려가시다
마지막 행은
한 바가지 눈물만 쏟았나요

축 늘어진 하얀 독백
안쓰러워
눈을 뗄 수가 없네요

봄날의 성찬

살얼음 밑으로
돌 틈 사이 아래로
단단한 모래 땅 밑으로
튀어 오르는 소용돌이

애당초 잎과 꽃은 한 뿌리 꽃대에서 분출했지만
죽는 날까지 옆에 있거나 마주볼 수밖에 없는 것이지
오로지 향기만이 핏물만이 하나가 될 수 있지

한낮의 시간을 돌아
달빛으로 물든 술잔을 낚아채는 입술과 입술
주름을 펼친 치맛자락에 젖은 몸 눕힐 때

나보다 먼저 지느러미를 턴다, 어항 속 구피

감자꽃

무심히 다가와
싸늘하고 따뜻하게
품은 듯이 품었다가
아닌 듯이 품어 내는
하얀 파열

아린 풋내
가슴 저리도록 피어난
자줏빛의 희열
싸늘히 식어 가는 차디찬
치명적 독백

너만을 사랑했어

야행

깊은 밤 책장을 넘기다가
눈에 들어오지 않고 잠도 들지 못할 때
차라리 금강 가로 나선다

비로소 내 마음에 달은 떠
멀리 미르섬의 노래가 들린다

부드러운 깃털을 맞대고
딱딱한 부리로 밤을 속삭이는 물새
어둠 속 고요를 가르는 바람의 긴 숨

달의 눈물인 듯 빗방울 뚝뚝 떨어져
몸뚱이 하나씩 젖어 오는 차가운 발걸음

낙엽

네 곁을 기웃거리던
눈부시게 화려했던 꽃잎은
등줄기 돌돌 말아 더딘 내 발등에 다급히 달려오고

그 시절 말갛게 설레던 서투른 내 사랑이었듯

아무것도 미리 알 수 없으므로

내 살갗에 짙은 얼룩이 남기 전에 더 야위어 가기 전에

산새도 우짖지 않는 서릿발 서는 이 아침에 가야겠네
떠나야겠네

꽃뱀의 외출

개구리의 뒷다리를 잘못 물었다
놓지 못하고 삼키지도 못하고
하늘로 세운 꼬리, 매끄럽고 늘씬한 허리
질서 있는 무늬와 윤기 나는 피부
가을비에 젖은 숲이 술렁거렸다

머리를 틀어 올리고, 자줏빛 원피스를 입고
출근한 그녀는 일주일이 지나도 돌아오지 않았다

책상에서 발견된 유서

안개는 왜 구름이 되지 못하는 걸까
고독보다 외로움보다 사랑이 커서 내가 너무 초라해
당신을 위해서가 아니라 나를 위해 떠나는 거야

금요일 밤 드라마의 엔딩이
산행에서 마주친 꽃뱀의 눈빛에 스캔되는 밤
참 예뻤다, 그녀

은닉

잡목 숲에 숨어 사는 어미 새
꺼먹구름 지나간 자리에 장대비 내리는데
웅크린 몸 빳빳이 깃털을 세우고 부화시키는 순간

아무도 모른다
희귀종이 태어났어도 포식자의 습격이 있었대도

별 하나 띄어 읽고
별 둘 띄어 쓰다 잊어버린 별무리
어디서 찾아야 할까 혹, 와르르 쏟아질까

가시랭이 하나 손끝에 박혀도
문턱에 발끝이 스쳐도 시퍼렇게 멍들어 썩어 가는 몸

하이에나의 눈빛 피할 수 있는 내 자리는 어디인가

길

잠시
쉬었다 가기에는 갈 길이 멀다

그렇다고
서둘러 가자니 미처 챙기지 못한
오류의 시간이 발목을 잡는다

앞서거니 뒤서거니 하던
발자국 소리도 멀어졌다

따뜻한 바람이 등 뒤에서 불어 와
내 싸늘한 몸을 밀어 준다

절룩거리는 다리와 가슴으로 나는
이 낯선 길을 또다시 가야 한다

질문

어디쯤일까
절반은 왔을까
얼마나 왔을까

기다려야 하나
걸어가야 하나
뛰어가야 하나

놓아 주어야 하나
바라만 보아야 하나
품고만 살아야 하나

너라면
닳아빠진 낱말 놀이는 이쯤에서 마침표를 찍겠지

어쩌나

띵똥 띵똥
현관 모니터에서 활짝 웃고 있는 앞집 아이
저 이사 가요, 안녕히 계세요
목소리에 신이 났다

축하해 놓고
이를 어쩌나 왜 가슴이 철렁하는 걸까

마당을 밟고 살고 싶어 주택으로 온 뒤 유일한 벗이었
는데,

장맛비 사이로 간간이 들리던 아이의 청량한 울음소리
바람 불면 처마 끝 풍경 사이로 들려오던 깔깔거리던
웃음소리
긴 겨울밤 문틈으로 새어 나오던 재잘재잘 동화책 읽
던 목소리

이젠 못 듣겠네

제3부 중요해

서쪽 하늘 아래

노을이 서쪽 문을 두드리면 들고양이는
전봇대 아래 코를 박고 쓰레기 더미를 훑는다

종일 달려온 자동차 열기가 남아 있는
밑으로 습관처럼 기웃거리는 간절한 눈빛

어디선가 풀피리 불어
종족 번식을 위한 세리머니가 펼쳐질 즈음

산 아래 목줄이 묶인 창살 안에
개들은 서로 목청을 높여 포식자의 경계를 지휘한다

별은 하늘에 기대어 빠르게 사라지고
그 밑으로 길들여지듯 나는 오늘을 눕힌다

중요해

카톡 소리에 새벽잠 깼어

누구야, 무슨 일이 생긴 걸까

손가락만 까딱하면 세상은 손안에 있어

카톡, 밥 먹자, 시간 비워 둬

깜짝 놀랐네!

비 오는 날의 수다

우산을 어깨에 걸치고 바지 자락을 접어 올리고 맨발
입니다

발가락 사이 빗방울이 뽀글뽀글 간지럽습니다

저벅저벅 물방울 소리만으로도 반나절이 비에 젖어 채
워집니다

오늘 하루 반쯤은 빗물에 첨벙거리며 큰 소리로 떠들
고 싶었습니다

당신이 옆에 없어도 있는 것처럼,

마곡사에서

승려의 저민 옷깃에 춘春마곡을 적시고
돌 틈마다 비틀거리는 하얀 구절초

싸리나무 감싸 쥐고 똑같은 몸짓으로
가늘게 흔들리는 사람들아!

외소나무 가지의 꺾이지 않는 침묵
귀 기울여 보았는가!

텅 빈 가슴에 실핏줄 같은
억겁의 죄 훌훌 털어놓아 보았는가!

존재의 이유

죽어야만 끝나는 일이 어디 한두 가지겠습니까?
어제 그 자리
오늘 이 자리
내일 저 자리
에서 살아 있어야만 죽어서도 남는 것이겠지요!

소망

한 칸의 작은 집에서
한 사람을 사랑하고
한 잔의 술을 마시며
한 소절의 변주곡에 춤을 추고
한 장의 소묘를 그리면서
한 편의 시詩를 지어 날개를 달고
한 세상을 떠돌아다니다가 단단한 시詩 씨앗
하나 심어 놓고 기쁨의 눈물로써 밑거름이 될 수 있다면,

산다는 것은

염소 새끼 두 마리가
뿔을 맞대고 힘겨루기를 한다
뿔 사이에 힘을 모으고
눈알을 서로 치켜 올려 노려보고
앞다리 뒷다리에 근육이 팽팽하다
분명 어느 한 놈은 쓰러질 것이다

이겼다 나는
자정이 넘어가는 이 시간
두 눈을 시퍼렇게 뜨고 손가락 열 개를 자유롭게 움직
인다는 것

졌다 나는
어제의 이별을 아쉬워하며
잠 못 이루고 연민에 잠겨 후회하고 있다는 것

차이

마트 진열대에 소복이 쌓여 있는 과일

나름 잘생긴 윤기 나는 사과를 골라 담는다

마지막 한 개를 고르며 몇 번을 들었다 놓았다

골라 보았자 몇 프로의 차이일까

무게와 크기는 이미 선별됐을 텐데

때로는 밤잠을 설치며 고민과 갈등에 휩싸일 때가 있다

갈등과 고민의 차이는 뭘까?

하강하는 비행기 안에서 불안과 초조에 긴 호흡 내뱉듯

오른손과 왼손의 차이가 있을까

왼손잡이는 왼손을 사용하고 오른손잡이는 오른손을 사용할 텐데

왼발과 오른발 중 어느 발이 먼저 땅을 딛은들

몸의 중심은 기울지 않는데 말이다

내 안의 타인

모르는 사람들 속에서 혼자 웃고 있을 때

썩어 가는 송엽국 뿌리에 물을 듬뿍 주고 있을 때

어디론가 떠가는 흰 구름에 희미한 낮달 찾아 눈길 머
물 때

온종일 서성인 날 맨발에 물집이 생겼다는 걸 알았을 때

칠흑의 밤

잠 못 이루고 새벽으로 달려갈 때

우리

눈 뜨되
눈감고

귀로 듣되
귀 막고

입 열 되
입 다물 자

보이는 것 많다고
눈에 다 넣으려 하지 말고
반쪽 귀로 듣거든 양쪽 귀로 내보내고
모진 말 들리거든 가슴에 담지 말고

주먹 꽉 쥐고 팔 벌려 하늘을 보자

모기와 나

조그만 것이 겁도 없이
달려들어 물어뜯고 본다

큰 손에 맞아죽어도 좋다
우선 먹고 살아야 하니까,

카페 커피 머신기 옆 귀퉁이
커피향보다 먹 향이 더 진하다

텅 빈자리

오고 가는 것은 네 마음이고
가고 남은 것은 내 차지다

계절 없는 먹물 꽃만이 붓끝에
매달려 뚝뚝 피었다 진다

언제쯤이면

너를 알 수 있을까

햇살이 구름을 불러오고
구름은 바람을 안고 와 풍경을 두드리는데
늘 반대쪽에서 서로를 기다리는 이유?

낮과 밤은 우주라는 것을 그래서
관성에 의해 궤도를 벗어날 수 없다는 것을
너와 나는 톱니바퀴처럼 물려 있다는 것을

태초의 숨이 멈출 때쯤 알까

눈꺼풀은 자꾸만 무거워지고 있는데,

홀로 앓는 밤

하늘을 가르는 천둥소리에
처마 끝 풍경이 요란하게 우는 밤
거센 장대비는 도심의 너부러진 잔재들을 몰고
언젠가는 머물러야 할 곳을 향해 썰물처럼 밀려가고 있다

소리 없이 홀로 앓는 해열제 한 알 삼키는 밤
차라리 짐승처럼 컹컹 소리 내질러 울어 보기나 할 것을
오페라의 유령인 양 어둠 속에 얼굴을 묻고 낙수 같은 눈
물이 자꾸만 뚝뚝 떨어진다

그 후

나는 너를 버리고
너는 나를 버렸어

창문을 닫고 먼지를 털어 내는 너와
문틈 사이 달빛을 그리워하는 나와

우리는 살아가는 사랑하는 여유가 필요했어
내 것은 소유가 아닌 존중이라는 것을 알아야 했어

날마다 푸득거리던 시간만큼 뼈에 잔금이 갔어
살갗은 찢어지고 쓰라렸지
철저하게 버림받은 마지막 날 채찍을 기억해

이제
오롯이 가슴으로 껴안을 준비를 할게
기다려 준다면.

고별

찌를 듯 하늘 향해 오른 천 년의 고목 가지 사이에 낮달이 걸렸습니다

검정색 외투가 유난히 잘 어울리는 가녀린 여인은 초여름 동학사 계곡 시간의 향기로 차오릅니다

무수히 많은 지난날들이 절반은 소멸되고 절반은 남겨진 채 모데라토로 좁혀진 보폭 따라 그 얼굴 언 입술로 다가옵니다

사랑이라는 익숙한 언어 무채색의 한지 위에 불사하던 날 쇄골 드러낸 긴 목덜미 포류질하던 동공은 땅거미 그늘에 가리어 흐르는 안개비로 감싸 안았습니다

꼭 쥔 손 놓아야 한다기에

놓아야 한다기에 주저 없이 놓아주고는 펌프질하듯 내 심장에 차오르는 찌꺼기 같은 끈적끈적한 기류 칭칭 감아 마음 한구석 빈자리에 묶어 두었습니다

낮달은 천 년의 동학사 서쪽 산허리에서 눈이 부시게 웃고 있었습니다

제4부 종이의 말

손

주먹을 꽉 쥐면 저절로 온몸에 힘이 솟는다
하늘과 땅이 열리고 따뜻한 햇살이 가슴을 적신다

네 탓이야 내 탓이야
바글바글 속 끓이며 따질 일도 없다

열 개의 손가락 끝에는
세상에서 가장 밝고 맑은 눈이 달려 있다
눈을 살며시 감고 손끝을 더듬어 보면 안다

소리 높여 가위 바위 보!
쥐었다 펴면 저만치 서 있는 내가 보인다

거추장스럽게 매달려 있는 것들이 허세 덩어리임을 알 때
비로소 빈손에 넓은 세상이 보인다

종이의 말

잠이 오지 않는 밤
다락방에 앉아 오래된 책장을 뒤적인다
묵은 먼지에 코끝이 간질간질하다
에이치!
콧물 눈물 쏟아 낸다
긴 세월만큼 쌓여 있던 시간이 허공으로 분사한다
어슴푸레한 기억들이 미묘한 기복을 두고 교차한다

눈썹이 까맣던 그 애가
실눈에 미소 짓던 그 애가
손톱 밑에 까만 때가 끼어 있던 그 애가
몽당연필에 볼펜 껍데기 끼워 주던 그 애가
낡은 공책에 남긴 한마디
너는 시인이 될 거야!

심금心襟

현을 튕겨요,
참을 수 없어서 뛰어들었어요

수만 마리 벌 떼가 붉은 속살을 헤치고
수천의 새들이 하얀 날개를 펼쳐요

꼿꼿하게
도도하게
당신의 발밑 화음의 경전을 느껴 봐요

독을 품어요,
폐경기 여인처럼
시퍼렇게 살풀이 굿판을 벌여요

참을 만큼 참았어요

환자와 간병인

마지막이야
못 본다고 잊지 마
나 없다고 울지도 말고
너도 얼마 안 남았지
우리 요양원에서 또 보는 거지?

박사면 뭐 하누
기역자도 모르면서

잘생겼음 뭐 하누
제 몸에 코딱지 하나 못 떼면서

부자면 뭐 하누
찾아오는 자식 하나 없으면서

그러게 나밖에 없다니까,

차지

팔레트에 물감을 꾹 짜, 색색으로
하얀 광목 위에 샐비어꽃이 피었어
나비가 날아왔어 나창나창 늘,
한 마리한테 두 마리가 쫓아다녀
사랑은 쟁취인가 봐
누가 먼저 차지하느냐야

영근 씨방에는 향낭을 가득 채우고
수술을 흔드는 거야 그녀 앞에서
날개는 더 힘차고 꼿꼿하게 펴야 해
큰 꽃잎은 붉은 융단을 깔아 주고
알싸한 향을 분사하는 거야
붉은 색의 피해 갈 수 없는 지독한 꿀맛
오감에 짜릿한 전율이 퍼지는데 그만,

물감이 엎어지고 말았어

이러다가

꽃은 피었는데
벌새도 찾아왔는데
단
한 번만이라도
살짝 왔다 갔으면 좋겠네

쓰러지겠네
그 사람 기다리다가

그 정원

소나무 가지에 초롱 새는 노래한다
엇박자로
야금야금 한 발자국 탐욕의 손 뻗어
튼튼하게 뻗어 있는 목백일홍 한 움큼 꺾어 들고
최면을 건다, 사랑해서야

단단히 여문 호두 껍데기 벗겨 보겠다고
몇 날을 훔쳐보다가 풍덩 뛰어든 너의 정원
어둑어둑 저녁나절
왕거미 사슬에 진액 다 뿌리도록
칠 벗겨진 철제 의자 주인은 오지 않았다

황새바위*

해가 뜰 때마다 제일 큰 황새가 날아오는 곳

해맑은 아해兒孩가 이백오십여 명의 순교자가 들꽃으로
피어 있는 곳

한때는 황새가 알을 품었다는 평화의 동산, 어느 날 천
주교인 목에
큰 항쇄 칼을 매달아 처형했다는 항쇄바위

한 발짝씩 돌계단을 옮길 때마다 보이는 듯 들리는 듯
무참히 쓰러져 간 우리 안의 우리

석문 십자가 앞에 무릎 꿇고 기도하는 여인의 눈가에 흠
뻑 젖은 아린 노을

* 황새바위: 천주교 성지.

자작나무

천 년을 살아
하얀 표피 벗어
옹골찬 알몸
혈관 뚫어
십자가가에 못 박아
불덩이 속
던져진 주검
까만 숯덩이

쓸모없으면 좀 어떠랴
부르지 않은들 어떠랴
돌아보는 이 없은들 어떠하랴

파란하늘 저
싱그러움
거기 높이 너 있고
나 있음을,

독

이것아!
남이 머리채를 잡으면 같이 잡을 줄 알아야지
이렇게 물러 가지고 어떻게 살아갈 겨
하물며 들판에 그 흔한 장다리꽃도 독을 품고 사는디
너는 어찌 이리도 순둥인 것이여!
외할머니는 내 헝클어진 머리를 빗어 내리며 푸념하셨다

선인장 가시가 손톱 밑에 박혔다 며칠째 욱신욱신
크고 예쁜 화분에 옮겨 심었는데 건드리지 말아야 할 것
을 건드렸다
작지만 뿌리 내리고 꽃 피우고 잘 살고 있었는데
함부로 건드리는 것이 아니었다

나쁜 놈

축을 단 긴 호스가
십이지장 저 깊숙한 곳까지 염탐을 시작했다

며칠째 지속된 각혈, 역수의 원인을 찾아

위 벽에 붙어 야금야금 살점을 뜯어먹던
헬리코박터 파일로리라는 나쁜 놈,
내 안에서 행하여졌던 모든 행각은
시시콜콜하게 모니터 밖으로 유출되었다

그런데
살포시 내리는 안개비에도 젖어 우는
아린 가슴앓이의 원인을 찾아내지 못했다
단지 오래된 마음의 불치병 나쁜 놈이라는 것밖에는

새벽 산행
—정지산淨地山

찬 이슬이 발등에 촉촉이 젖어 온다
밤의 적막을 깨고 해가 뜰 때까지
지상에서의 고요와 신비에 취한다

순간마다 변화하는 눈부신 햇살
뜬구름 아래 금강에 투영되는 산 그림자
눈길마다 장엄하게 펼쳐지는 바람의 전갈
금강대교를 오가는 힘찬 삶의 박동 소리
그 옛날 백제 역사를 휘감고 있는 공산성
감관感官을 파고드는 이 생동감!
나의 전 유적 독해에 헤어나지 못 할 때
추구와 창조의 붉은 색체로 내 안에 나를
담고고 완전한 심상心想에 젖어 드는 이 시간

숨어 있던 산까치의 요란한 경계의 몸짓도 사그라졌다
몸뚱이만 남은 아카시아 덩굴 사이로 새끼 고라니가 눈
을 크게 뜨고 놀란 듯 숨을 고르며 어미를 기다린다 슬금
슬금 신발 위로 기어오르던 왕개미도 제 구역이 아님을 아
는지 하행하고 거미줄에 유괴된 애벌레의 번데기가 이슬
방울에 대롱대롱 아슬하다 무성했던 떡갈나무 잎사귀에도

숭숭 구멍이 뚫리고 마른바람이 등짝을 떠미는 산자락 끝에 유유히 흐르는 금강은 너무나 평온하다 풍덩 뛰어 들어 물의 파열을 음미하거나 사뿐히 걸어도 될 듯 싶은 충동을 자아낸다 무엇이 그리 급한지 큰 고깔모자를 쓴 영근 도토리가 데그루 굴러 내 발길보다 앞서가고 나는 그 뒤를 느린 걸음으로 따른다

내게 남은 것은

오늘밖에 없는 것처럼
치열하게 살아온 시간

가지 말아야 했던 길
보지 말아야 했던 얼굴
듣지 말아야 했던 소리
하지 말아야 했던 손짓

찬바람에 쓸려 웅덩이에서
바스락거리는 낙엽처럼
내게 남은 것은 무엇일까

민달팽이의 꿈

어둠은 늘 적막과 함께 무섭다

나는 두꺼운 베레모를 쓰고
멜빵이 달린 가방을 들고 밤마다 학교에 갔다

그 남자아이는
책상에 굵은 직선을 그어 놓고 가까이 오지 마!
말라깽이 단발머리 여자애는 늘 말이 없었다
아무도 말을 걸지 않았다
벙어리인 줄 알았다

집으로 가는 길
아카시아꽃 우거진 숲을 지날 때는 신발을 벗어 들고 코
를 막고 달렸다
지금도 모른다 왜 코를 막고 죽을힘을 다해 뛰었는지,
누군가 쫓아오는 것만 같아 온 힘을 다해 뛰었는지 아카시
아 향이 싫었던 건지,

그래서인지 지금도 걸음이 빠르다
걸어도 되는 길을 나는 달린다
신발을 신고 걸어도 되는 길을 맨발로 걷는다

그 남자, 그 여자 2
—시인과 피아노 조율사

남자는 여든여덟 개 피아노 건반과 사십오 년, 도 샵(#)도 플렛(♭)의 원음 차이를 튜닝해, 정음과 타음 사이 파열음이 생기면 페달을 밟아 아르페지오로 미끄러져 가는 거야, 때로는 옥타브가 너무 높아 깨지고 베이다가도 남자의 독주가 시작되면 여자는 〈아드린느를 위한 발라드〉에 몸을 맡기는 거야, 높은음자리와 낮은음자리까지 즉흥 연주를 해! 피아노 현이 끊어지도록 건반을 두드리다 보면 한 음절의 시상이 떠오를 때가 있어, 심지어 체온이 상승하면서 미묘한 오르가슴에 빠져 흥분할 때도 있어, 최고음과 최저음까지 어떤 때는 단숨에 가고 어떤 때는 며칠 만에 가는 거야

우리
웃다가 울다가
엎어지고 자빠지고
뭉개고 짓이기고
철없이
눈물 콧물 머금고 살았어

이제

촉촉한 눈 포개어
가려운 곳 긁어 주며
서로 덮어 주고 업어 주고 비비적거리며
애절한 듯 덤덤하게 살고 있어

그런데
나, 아직 할 이야기가 많아!

해　설

서정의 파수꾼, 사랑을 완성하다

이병철(시인, 문학평론가)

　시는 타자를 향해, 자연을 향해, 소외되고 주목받지 못하는 대상들을 향해 지속적으로 기울어지며, 그 모든 것들과 유기적 관계를 맺고자 시도하는 행위이다. 교감과 상응을 작동 원리로 하는 아날로지와 시 쓰기는 서로 닮아 있다. 시인들은 '관계 맺기'로서의 시를 통해 세계와의 화해를 꿈꾼다. 자연과 인간, 모든 사물들이 우주의 동일한 리듬 안에서 조화를 이뤘던 세계를 희구하는 것이다. 타자와의 관계 맺기는 자아의 성숙을 이루게 한다. 시인은 이 세계의 사물들과 끊임없이 관계 맺는 자다. 시 쓰기는 그 관계 맺기의 전 과정이다.

　장인무는 타자 지향의 아날로지 시학으로 세계와 협화음을 이루는 데 능숙하다. 그의 시에는 타자에 대한 고정된 관

념을 걷어 낸 무한한 은유의 가능성들이 보인다. 낯선 타자의 내부를 들여다보며 그와 관계 맺기를 시도하고, 확실성과 설명의 세계와 결별해 불확실성과 우연, 혼돈으로 이뤄진 낯선 우주로 입장하는 상상력이 번뜩인다. 눈에 보이는 것만을 확인하는 설명과 달리 해석은 대상에 감춰진 미시적 본질을 투시하는 법, 자기중심의 시각으로 대상을 판단하는 것이 아닌, 눈에 보이지 않는 대상의 내부를 심안으로 들여다보며 대상과 교감하려는 태도가 바로 은유인데, 장인무의 시에는 시적 기술이 아니라 하나의 성숙한 정신으로서의 은유가 찬란하게 빛나고 있다.

카톡 소리에 새벽잠 깼어

누구야, 무슨 일이 생긴 걸까

손가락만 까딱하면 세상은 손안에 있어

카톡, 밥 먹자, 시간 비워 둬

깜짝 놀랐네!

—「중요해」전문

장인무가 타자와의 관계 맺기, 대상과의 상응을 시의 정신으로 내세운 것은 21세기 4차 산업혁명 시대가 단절의 시대이기 때문이다. 스마트폰에 천 명이 넘는 사람들의 이름과 전화번호가 저장돼 있지만 우리는 고독하다. 이른바 '현대병'이라는 공황장애와 우울증은 점점 심화되고, 전 세계를 휩쓴 코로나 바이러스는 비접촉, 비대면 문명을 확산시켰다. 사람과 사람 사이 장벽이 생기면서 공동체는 붕괴되고, 유대와 연대 대신 분리와 혐오의 감각만이 팽배해졌다. 위 시에서 화자는 "카톡 소리에 새벽잠"을 깬다. "손가락만 까딱하면 세상은 손안에 있"을 만큼 문명은 편리하게 발전했지만, 디지털 세상에서 사람의 온기는 희미해져만 간다. 시인이 위 시의 제목을 "중요해"라고 붙인 것에 주목해 본다. 우리는 중요한 것에 집중하느라 소중한 것들을 잃고 있지 않은가? 물질, 경력, 사회적 지위, 인맥 같은 것들은 너무나도 중요하다. 하지만 우리들이 중요한 것들의 중력에 붙들리는 사이 가족, 친구, 이웃, 일상의 소박한 행복처럼 소중한 것들은 점점 멀어진다. 위 시는 '중요함'에 치우쳐 '소중함'을 놓치지 말라는 애틋한 당부로 읽힌다.

띵똥 띵똥
현관 모니터에서 활짝 웃고 있는 앞집 아이
저 이사 가요, 안녕히 계세요
목소리에 신이 났다

축하해 놓고
이를 어쩌나 왜 가슴이 철렁하는 걸까

마당을 밟고 살고 싶어 주택으로 온 뒤 유일한 벗이었는데,

장맛비 사이로 간간이 들리던 아이의 청량한 울음소리
바람 불면 처마 끝 풍경 사이로 들려오던 깔깔거리던 웃음소리
긴 겨울밤 문틈으로 새어 나오던 재잘재잘 동화책 읽던 목소리

이젠 못 듣겠네

—「어쩌나」 전문

어쩌면 우리는 매일 소중한 것들과 이별하며 사는지도 모른다. 위 시는 중요함과 소중함 사이의 괴리를 디지털과 아날로그의 대비를 통해 나타내고 있다. "띵똥 띵똥" 초인종을 누른 "앞집 아이"가 인터폰 화면 속에서 "저 이사 가요, 안녕히 계세요"라고 인사한다. 이웃 어른에게 고별인사를 하러 올 만큼 선하고 명랑한 아이다. 하지만 화자는 "축하해 놓고" "가슴이 철렁"한다. 앞집 아이가 "마당을 밟고 살고 싶어 주택으로 온 뒤 유일한 벗"이었기 때문이다.

아이의 이사는 단순히 벗 하나를 잃게 된 것만을 의미하지

않는다. 화자는 "장맛비 사이"로, "처마 끝 풍경 사이"로, "겨울밤 문틈"으로 들려오던 아이의 "청량한 울음소리"와 "깔깔거리던 웃음소리", 그리고 "동화책 읽던 목소리"를 더는 들을 수 없다며 슬퍼한다. 장맛비와 처마 끝 풍경, 겨울밤과 조화롭게 어우러지던 아이의 목소리야말로 아날로지 우주의 협화음이기 때문이다. 마당을 밟겠다는 것은 우주 자연과 합일하기 위한 조화의 시도인데, 그 조화의 과정에서 만난 앞집 아이에게서 시인은 기성 세계에 때 묻지 않은 순진함과 무구함을 보았을 것이다. 그 천진난만함에 동화되어 산업화 시대 현대인이 아닌 전근대의 낭만적 인간으로 잠시나마 회귀하는 기쁨도 누렸을 것이다. 아마 아이의 부모는 교육 문제 혹은 대도시 아파트에서 살려는 지극히 평범한 현대적 욕망에 의해 이사를 감행했으리라. 그 이사는 중요한 일이지만, 아이는 흙, 바람, 물, 다정한 이웃과 살 부비며 살던 소중한 유년의 추억들과 작별하게 됐고, 시인 역시 소중한 벗을, 그 벗과 함께 이루던 작고 예쁜 우주를 잃게 됐다.

깊은 밤 책장을 넘기다가
눈에 들어오지 않고 잠도 들지 못할 때
차라리 금강 가로 나선다

비로소 내 마음에 달은 떠
멀리 미르섬의 노래가 들린다

부드러운 깃털을 맞대고

딱딱한 부리로 밤을 속삭이는 물새

어둠 속 고요를 가르는 바람의 긴 숨

달의 눈물인 듯 빗방울 뚝뚝 떨어져

몸뚱이 하나씩 젖어 오는 차가운 발걸음

—「야행」 전문

이 땅에 근대가 시작된 지 벌써 100년이 지났다. 1960~70
년대 산업화를 거치면서 도시화가 급속도로 진행돼 이제 국
토 전체가 거대한 메트로폴리탄이 된 대한민국에서 농경 사
회 공동체는 아득한 추억이 되었다. 21세기 한국은 세계에서
가장 역동적이고 바쁜 나라다. 그런데 산업과 기술은 눈부시
게 발전했지만 사람들은 점점 기쁨을 잃는다. 자연으로부터
멀어지면서 조화로움, 낭만, 서정을 상실했기 때문이다. 불
면증은 공통의 병이 되었다. "깊은 밤 책장을 넘기다가/ 눈에
들어오지 않고 잠도 들지 못"하는 것은 자연의 순환하는 힘으
로부터 멀어져 '내일'을 믿지 못하고, 어둠에 스스로를 고립
시키는 까닭이다. 현대인들에게는 자본주의와 첨단 문명이
라는 이상이 있지만, 그 이상 때문에 자연의 섭리로부터 멀
어져 늘 우울과 권태를 앓을 수밖에 없다.

　좀처럼 잠을 이루지 못하는 깊은 밤, 시인은 "차라리 금강
가로 나선"다. 인간에 의해 파헤쳐지고 상처 입었지만, 여전

히 그 자리에서 수만 계절을 돌고 도는 강물 앞에 서자 "비로
소 내 마음에 달은 떠"오르고 "멀리 미르섬의 노래가 들린"
다. "딱딱한 부리로 밤을 속삭이는 물새"를 듣고, "어둠 속
고요를 가르는 바람의 긴 숨"을 들이마신다. "달의 눈물인 듯
빗방울 뚝뚝 떨어"질 때까지, 강가에 서서 자연의 세례를 받
은 시인은 "몸뚱이 하나씩 젖어 오는 차가운 발걸음"들의 일
부가 되어 강기슭을 걷는다. 그 순간 플로어스탠드와 컴퓨
터 모니터와 스마트폰이 서로 경쟁하듯 빛을 뿜는 집 안은 조
화와 합일이 불가능한 근대적 기술 문명의 환유가 되고, 작
은 풀잎부터 바윗돌, 산짐승들, 그리고 시인까지 모든 만물
을 공평하게 비로 적시는 금강 가는 화해와 상응의 우주 자
연이 된다.

너를 알 수 있을까

햇살이 구름을 불러오고
구름은 바람을 안고 와 풍경을 두드리는데
늘 반대쪽에서 서로를 기다리는 이유?

낮과 밤은 우주라는 것을 그래서
관성에 의해 궤도를 벗어날 수 없다는 것을
너와 나는 톱니바퀴처럼 물려 있다는 것을

태초의 숨이 멈출 때쯤 알까

눈꺼풀은 자꾸만 무거워지고 있는데,

— 「언제쯤」 전문

함께 비를 맞는 풀과 나무와 새는 서로 이질적 타자처럼 보이지만 실은 "톱니바퀴처럼 물려 있"는 한 몸이다. 상응 우주를 이루는 유기체들인 것이다. 한갓 미물인 풀과 벌레와 돌멩이도 아는 것을 만물의 영장이라는 인간만 모른다. 특히 코로나 팬데믹 상황에서 여실히 드러난 것은 코로나 바이러스보다 더 빠르고 무섭게 확산되는 인간의 이기심이었다. '나만 아니면 돼'라는 탐욕과 이기주의가 고개를 들 때마다 전염병이 확산되고, 전염병보다 더 빠른 속도로 혐오가 유행했다. 그렇게 코로나 바이러스는 타자에 대한 본능적인 혐오와 분리 욕구를 우리 내면에 프로그래밍하는 데 성공했다.

이 혐오와 분리의 시대에 위 시는 참 드물도록 높고 맑고 귀하게 읽힌다. "햇살이 구름을 불러오고/ 구름은 바람을 안고 와 풍경을 두드"린다는 섬세한 묘사는 시인이 얼마나 아름다운 자연의 몽상가인지 우리에게 말해 준다. 그러나 위 시에는 자연의 몽상가로서 언어를 꿈으로 전환하는 시인의 감각적 연금술만 있는 게 아니다. 유려한 언어를 훨씬 뛰어넘는 묵직한 감동이 행간마다 있다. 그 감동은 바로 "낮과 밤은 우주라는 것", "관성에 의해 궤도를 벗어날 수 없다는 것",

"너와 나는 톱니바퀴처럼 물려 있다는 것"을 노래하는 우주적 통찰에서부터 빚어진다.

인간은 일평생 자기 이외의 타자에 대해서는 알지 못한다. 레비 스트로스가 역사 이래 인류의 가장 큰 숙제는 타자성을 어떻게 해결하느냐의 문제였다고 한 것을 떠올리면, "너를 알 수 있을까"는 질문은 인간의 가장 근원적이고 본질적인 존재론이라 할 수 있다. 그런데 사실 '너 알기', 즉 타자를 이해하기란 간단한 일이다. '너'와 '나'는 한 몸, 즉 '너'는 곧 '나'라는 평범한 진리만 깨우치면 우리는 타자의 본질적인 이질성을 수용할 수 있다. 서로 다른 형상을 하고, 다른 생각과 감정을 가지고 다른 삶을 살아가지만, 죽으면 모두 똑같은 흙으로 분해돼 우주먼지에 편입된다는 사실을 기억할 때, 우리는 타자를 '나'로 받아들일 수 있게 된다.

나와 다른 타자를 이해한다는 것은 애초에 불가능한 일인지도 모른다. 하지만 이해할 수 없다고 해서 사랑할 수 없는 것은 아니다. 완벽히 이해할 수 없을지라도 우리는 완전히 사랑할 수는 있다. 옥타비오 파스가 말하는 시적 순간은, 존재의 본질적인 이질성, 즉 타자성을 포용하려는 시도이다. 파스는 이것을 '치명적 도약'이라고 불렀다. '나'가 '너'를 사랑해서 '나'를 내려놓는 순간, 치명적 도약이 일어난다. '너'가 가진 기존의 타자성이 '나'의 내부에서 전혀 뜻밖의 것으로 변화하며, '나' 역시 자기 존재의 본성이 '너'에 가깝게 전환되는 체험을 하게 된다. 이렇듯 서로에게 이질 대상인 두 타자가 동화되는 과정이야말로 "우주"이고 "관성"이며 "궤도"이다. 이 과정을 통해 둘은 마침내 "톱니바퀴처럼 물려" 한 몸을 이루게 된다. 서로가 '나'를 벗고, 타자에게 동화되는 사랑이 완성되는 것이다.

> 깡마른 담쟁이넝쿨 촘촘히 실눈을 뜨고
> 화단에 뒹굴던 돌멩이 제자리에 끼어들고
> 이름 모를 풀꽃도 새록새록 얼굴 비치고
> 꽃 웃음 지천에 재잘거리면 꽁꽁 묶여
> 바람에 맞서던 내 아린 몸 풀리네
>
> 자목련 솜털 벗고 스스로 속살 드러내듯이
> 작년에 앞마당에 내려놓고 간 쪽빛 찾으러
> 낯선 빛으로 다가와 말을 건다네
> 낯익은 목소리로 나야 나!
>
> ─「봄이야」 전문

타자와의 화해, 조화, 상응, 그리고 사랑을 노래하는 장인무의 시가 봄의 예감으로 충만한 것은 당연한 일이다. 봄은 만물이 소생하며 서로 화음을 이루는 계절이다. 대부분 사람들에게 봄의 주인공은 벚꽃과 진달래와 매화 등 아름다운 이름으로 불리는 꽃들이겠지만, 시인은 아무도 주목하지 않는 소외와 무관심의 그늘을 향해 눈을 돌린다. 그가 "깡마른 담쟁이넝쿨"과 "화단에 뒹굴던 돌멩이"와 "이름 모를 풀꽃"을 다정하게 호명하는 순간, 그 모든 무명無名들이 "낯선 빛으로 다가와 말을 건"다. "낯익은 목소리로 나야 나!" 외칠 때 비로소 시인은 깨닫는다. 봄은 눈에 보이지 않는 곳에서 더 아름다운 법임을, 아무리 하찮게 보이는 것이라도 다 분명한 존재의 이유가 있음을 말이다.

　위 시는 각박한 현실을 사는 현대인들에게, 특히 암울한 절망의 터널에 갇힌 청년 세대에게 뜨거운 위로를 준다. '수저계급론'과 '헬조선'이 심화된 불평등, 부조리의 사회에서는 든든한 배경 없이 혼자서 아무리 노력해도 기득권의 장벽에 가로막힐 수밖에 없다. 그래서 아예 취업, 연애, 결혼, 내 집 장만을 포기하고 냉소적인 태도로 세상을 살아간다. 패배를 수용하고, 더 나은 삶을 향해 나아가려는 의지 없이 캄캄한 그늘에 머무른다. 타자와의 그 어떤 교류도 원치 않은 채 고독 속에 침잠하는 것이다. 고독 속에 몸부림치며 끊임없이 인정 투쟁을 시도하지만, 학습된 무기력과 자기모멸, 냉소를 어쩌지 못하고 급기야 목숨마저 내버린다. 시인은 청년 세대에게 단순하지만 명료한 진리를 설파한다. "화단에 뒹굴던 돌멩이"도 "제자리"가 있다고, "이름 모를 풀꽃"도 "새록새록 얼굴" 비칠 곳이 반드시 있다고. 존재하는 것치고 쓸모없는 건 없다고 노래하는 시인의 목소리가 봄빛으로 화사하다.

　　보고 싶어서 달려왔습니다

오늘 못 보면 오래도록 못 볼 것 같아 달려왔습니다

아주 잠깐만이라도 같이 있고 싶어서 달려왔습니다

당신을 사랑합니다, 이 말을 꼭 하고 싶어서 달려왔습니다

오늘 못 하면 오래도록 못 할 것 같아 달려왔습니다

오늘 못 보면 너무 오래 못 볼 것 같아 달려왔습니다
　　　　　　　　　　　　　　　　—「달려왔습니다」 전문

　2000년대 '미래파'를 시작으로 우리 시단에 긴 시가 압도적 경향으로 자리매김한 것은 주지의 사실이다. 물론 과거에도 장시는 있었으며, 확고한 내적 필연성에 의해, 또 미적 완결성에 대한 시인의 신념에 의해 길게 쓰인 시들은 우리 시의 외연을 확장하고 새로운 깊이를 만들어 내기도 했다. 하지만 유행과 경향에 동조하기 위해 호흡을 길게 늘여 놓은 시, 모호한 분위기를 자아내기 위해 불필요한 문장들을 부려 놓은 시들을 양산한 것이 장시 유행의 부작용이다.
　길을 걷다가 낯선 이로부터 대뜸 **뺨**을 맞았다고 해 보자. 황당하고 억울하고 의아할 것이다. 저 이가 누구인지, 내가 왜 맞았는지를 고민하는 것은 이성적 반응이다. 하지만 생각하기 전에 **뺨** 맞은 자리가 화끈거린다. 인간은 사유보다 감

각이 더 앞서 작용하는 감각적 존재다. 그런데 요즘 우리 시는 **뺨** 맞은 통각에 집중하기보다 왜 맞았는지를 추궁하는 데에 관심이 온통 기울어져 있는 듯하다.

말이 많을수록 시는 사유, 판단, 고뇌에 치우치며 독자를 자연히 감각에서 멀어지게 한다. 타자와의 단절과 비접촉이 인간 기본 존재 양식이 되어 버린 오늘날, 서정시가 절실한 이유가 바로 여기에 있다. 서정시는 최소한의 언어를 통해 감각을 환기하며 사유보다는 몸, 세속보다는 자연, 실존의 한계와 우울, 갈등보다는 활달한 생명성과 충만한 합일의 기억을 우리에게 회복시키기 때문이다.

장인무의 시는 어떤가? 어려운 말로 에둘러 가지 않고, 함축적이면서 간결한 언어로 "달려"오는 직진성의 시다. "문학은 '나는 너를 사랑한다'는 말의 가장 깊고 섬세한 변주 양식"이라던 평론가 박철화의 말을 되새겨 보면, "당신을 사랑합니다"라는 단순한 고백, 가슴 터지도록 외치는 이 순정한 노래야말로 문학의 원류源流일 것이다. 이때 시인의 언어는 독자가 다가오길 기다리지 않고 직접 다가간다. 오기를 기다리는 대신 타자에게로 나아가는 타자 지향의 성숙한 세계관이 시인에게 내면화된 까닭이다. 시인은 "아주 잠깐만이라도 같이 있고 싶어서" 타자에게 달려간다고 말한다. 서정이 '나'와 세계가 화해하고 합일하는 순간이라면, 끝끝내 머나먼 별의 시간을 달려가 타자와 "같이 있"음을 이루려는 시인이야말로 오늘날 점차 사라져 가는 서정의 파수꾼일 것이다.